DISCOURS

PRONONCÉ PAR

M. HENRI BRISSON

PRÉSIDENT DU CONSEIL DES MINISTRES

A LA SALLE DES VENDANGES DE BOURGOGNE

 LE 8 SEPTEMBRE 1885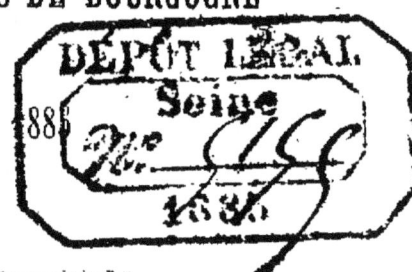

PARIS

GEORGES MAURICE, ÉDITEUR

4 BIS, RUE DU CHERCHE-MIDI, 4 BIS

—

1885

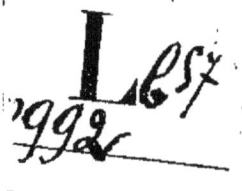

DISCOURS

PRONONCÉ PAR

M. HENRI BRISSON

A LA SALLE DES VENDANGES DE BOURGOGNE

Le 8 septembre 1885.

———◄►———

Chers concitoyens et amis,

Laissez-moi remercier notre ami Hattat des paroles beaucoup trop flatteuses qu'il vient de m'adresser; laissez-moi vous remercier tous d'avoir conçu et mis à exécution ce projet de réunion tout intime. Ainsi que l'a rappelé M. Hattat, il y a un instant, je représente depuis neuf ans le Xᵉ arrondissement. Ce sont des liens qui me sont chers; ils ne vont pas se rompre, mais nous sommes obligés de les étendre : je vais me retrouver, comme en 1871, en présence, non plus du suffrage des électeurs du Xᵉ arrondissement ou de l'une des circonscriptions de cet arrondissement, mais en présence du corps élec-

toral de la Seine tout entier. Cette loi du. scrutin de liste, je l'ai non seulement votée, je l'ai
soutenue en 1883 comme en 1881 ; je l'ai ap-
pelée de tous mes vœux. C'était une pensée su-
périeure aux considérations personnelles qui
nous animait tous, nous qui poussions au réta-
blissement du scrutin de liste ; mais, toute chose
humaine ayant son revers de médaille, il n'est
pas possible, je ne dirai pas de quitter de tels
amis, mais de rompre l'intimité où l'on était avec
eux sans éprouver des regrets. (*Applaudissements.*)

Votre adoption, d'ailleurs, votre adoption per-
sistante m'avait porté bonheur.

Le lendemain de ma dernière élection par le
X^e arrondissement, la Chambre des députés m'a-
vait élu pour son président. Je le suis demeuré
pendant près de quatre années. Une crise, sur
laquelle je n'ai pas à m'expliquer, m'a conduit
à composer un nouveau ministère. Le pouvoir,
de tout temps, mes chers concitoyens, est une
tâche bien lourde; mais elle l'est plus encore
peut-être lorsqu'on le prend à la fin d'une législature. Un certain nombre de questions, de
questions graves, sont engagées, et engagées de
telle façon qu'il ne vous reste ni la liberté ni
même le temps de modifier les solutions prépa-
rées ; aussi courez-vous presque nécessairement
au-devant de l'accusation de n'être plus vous-
mêmes, une des accusations les plus désagréables
qui puissent peser sur un homme, rien que
parce qu'il est un homme. (*Applaudissements pro-*

longée.) Mais, qu'importe! si le devoir commande.
Et j'ai cru que le devoir commandait. (*Applaudissements. — Bravos prolongés.*)

La proximité même des élections offrait au
nouveau cabinet une tâche qui, pour ne pas être
exempte de difficultés, même de difficultés assez
graves, valait qu'on se risquât.

La crise dont j'ai parlé avait accusé entre les
républicains, avait accentué des dissentiments
sérieux, presque des déchirements. D'autre part,
le scrutin de liste était presque voté; or, quelle
serait la vertu de ce mode de votation s'il n'a-
vait pour effet de contraindre à s'atténuer, dans
un intérêt élevé, l'intérêt commun de la République, les divergences qui ne se présentent pas
comme absolument irréconciliables? S'il est vrai
que la politique impose des transactions à qui-
conque doit agir chaque jour — et qui pourrait
le nier? — n'est-il pas bon que les électeurs et
les candidats, les futurs législateurs, se pénètrent
eux-mêmes de cette nécessité au moment où le
suffrage universel va nommer ses mandataires,
c'est-à-dire créer l'instrument de l'action politique, et apprennent dès lors à composer un peu
les uns avec les autres? (*Applaudissements. —
Bravos.*) Enfin, les partis monarchiques s'apprêtaient visiblement, profitant précisément de ces
dissidences, peut-être plus accusées que réellement
profondes (*C'est vrai!*); les factions monarchiques s'apprêtaient à jouer une dernière partie, à

donner un dernier assaut à la République. Toutes ces raisons se sont réunies pour nous faire juger utile, à moi et aux hommes dévoués, aux bons citoyens qui ont bien voulu s'associer à ma tâche, de former un ministère dont le but principal fût précisément la conciliation et la concentration des forces républicaines. (*Bravos prolongés.* — *Double salve d'applaudissements.*)

Eh bien, mes chers amis, malgré tant de polémiques passionnées, malgré le bruit que vous entendrez et qui est légitime, qui est nécessaire, car il faut que dans une période électorale toutes les opinions se produisent librement, je dirai volontiers même bruyamment ; malgré tout ce bruit, laissez-moi penser que la majorité, la très grande majorité dans ce pays, je dis la très grande majorité de l'opinion républicaine, indifférente à nos querelles de couloirs et moins affamée qu'on ne le croit de personnalités, ne veut pas de la politique de récriminations réciproques. (*Bravos et applaudissements prolongés.*)

Ces paroles de concentration libre et naturelle des forces républicaines n'avaient pas pour objet, quoi qu'on en ait dit, d'inaugurer une politique d'effacement et d'abdication.

Non, messieurs, elle s'inspirait tout d'abord des intérêts immédiats du moment, bien compris, suivant moi, et aussi de cette certitude historique, fondée sur tant de faits malheureux et sur nos deux histoires précédentes, que jamais nos divisions n'ont profité à la démocratie, ni à la plus modérée ni à la plus avancée, mais qu'elles s'y sont également abîmées. _(Applaudissements prolongés.)_

Sans doute, citoyens, la République démocratique a poussé plus de racines et de plus profondes racines qu'en aucun temps, et, par conséquent, les retours offensifs de la réaction sont beaucoup moins à craindre ; mais, lorsque tant de forces encore sont liguées contre nous, quand nous n'avons pas encore conquis à la forme républicaine tous les départements, est-ce donc vraiment le moment de nous entre-déchirer pour des questions de conduite ? Est-ce que le devoir ne nous commande pas, au contraire, à tous sans exception, de nous entendre, de nous accorder, de nous éclairer les uns les autres pour les résoudre successivement les unes et les autres ? _(Applaudissements.)_

J'entends bien que mon rôle ici n'est pas commode et que, peut-être, je vais prêter à la raillerie... _(Non ! non !)_ On va me montrer les partis aux prises et me dire : Comment ! vous prêchez encore l'union ? Eh ! messieurs, permettez-moi de vous le dire, si le nouveau cabinet n'eût pas pris cette attitude, s'il n'eût pas tenu ce langage, est-on bien sûr que les dissensions ne seraient pas plus flagrantes encore et plus violentes ?... _(Assentiment.)_ Si nous nous étions nous-mêmes jetés dans la lutte, si nous avions fait entendre à notre tour le refrain des personnalités, eh bien, qui ose dire que le mal qui travaille le parti républicain ne serait pas plus profond encore ? (*C'est vrai ! — Applaudissements.*)

On a feint, je le sais bien, de se méprendre sur notre réserve.

Mais l'opinion publique nous saura peut-être gré d'avoir tout fait, et quelquefois même le sacrifice de notre amour-propre, pour la pacification des esprits dans notre parti. Après tout, la période électorale est à peine ouverte, et déjà la vertu conciliatrice du scrutin de liste s'est fait sentir en plus d'un lieu. Ah ! sans doute, mon cher ami M. le ministre de l'intérieur et moi, nous avions peut-être conçu plus d'espérances ; nous aurions voûlu qu'il n'y eût qu'une seule liste dans presque tous les départements et nous en avions une raison bien simple et de nature à toucher tous les esprits réfléchis : c'est qu'il n'était pas, dans le temps où nous sommes, il n'était pas indifférent que, dans la plupart des départements, la République triomphât dès le premier tour, et que sa victoire ne subît pas une quinzaine de retard. (*Bravos et applaudissements prolongés.*) Mais enfin lorsqu'on se sera suffisamment chamaillé (*sourires*) au premier tour, il faudra bien s'accorder pour le second, et les plus ardents à ce moment trouveront peut-être qu'il aura été bon que le gouvernement n'ait pas mêlé sa propre ardeur aux ardeurs de cette lutte. Quant à nous, nous aurons fait des élections loyales (*Oui ! oui !*) et nous aurons donné aux électeurs les conseils nécessaires pour que ces élections laissent le moins de rancunes possible et permettent plus facilement aux mandataires de la nation de s'entendre, une fois réunis, sur la manière de gérer les intérêts de la République et de la France. (*Applaudissements.*)

J'aime à penser, d'ailleurs, que si vous m'avez adressé cette invitation, c'est peut-être pour me récompenser d'avoir persévéré dans ces pensées d'union et de concorde *Oui! oui!* — *Applaudissements*)... que, du reste, nous avons toujours fait triompher dans le 10ᵉ arrondissement, ces idées de tolérance réciproque qui sont conformes, veuillez le remarquer, aux origines philosophiques de la Révolution française et de la démocratie, qui, seules, peuvent donner à cette Révolution une tradition suivie et solide et préserver de toute secousse la République. (*Bravos.*)

Oui, je vous remercie de m'avoir permis de reproduire cet appel à la conciliation ici même, dans cette grande et noble ville de Paris, que trop d'esprits malveillants essayent, les uns dans un intérêt, les autres dans tel autre, de séparer de la France, comme s'il pouvait, sans grand dommage national, y avoir une politique française (*Bravos et applaudissements*) et une politique parisienne. (*Bravos.*) On va dire que je cherche à flatter Paris parce que je suis député de Paris et candidat à Paris. Non, messieurs ; d'abord on ne flatte pas Paris, ou du moins, pour le flatter, il faudrait une singulière outrecuidance. Paris ne ne se flatte pas lui-même ; Paris ne se vante pas, comme on le dit quelquefois, d'être le cœur, la tête, la lumière de la France. Non, il ne se vante que d'une chose : c'est de partager vivement tous les sentiments nationaux, de sentir son cœur battre à l'unisson de toute la démocratie. (*Bravos.*)

Eh bien, ce Paris, on va peut-être essayer, pour quelques écarts de parole qui se produiront çà ou là, on va peut-être essayer de le présenter encore comme une ville turbulente, comme un foyer d'agitation ; il est donc bon d'affirmer ici, de rappeler ce qu'a été depuis de si longues années la tranquillité de la cité, de la montrer résistant à toutes les excitations et à tous les défis et, dans les journées les plus solennelles et les plus décisives, donnant l'exemple de son respect pour la loi et de sa confiance dans la République. (*Bravos.*)

Oui, nous pouvons le dire avec fierté, après quinze années de République, quel est donc le régime antérieur, quel est le régime qui a assuré à la fois une paix intérieure aussi complète et une aussi grande liberté ?... (*Bravos et applaudissements.*)

Ah ! disons-le, mes amis, disons-le sans hésiter : Non, il n'y a pas de péril à gauche. (*Bravos et applaudissements prolongés.*)

Il n'y a pas de péril à gauche, parce que nul de ce côté ne compte sur une autre vertu, sur une autre force que sur la force de la propagande et de la libre discussion. Ah ! sans doute, hors de nos rangs, il y a des gens qui rêvent à d'autres moyens pour s'emparer de la politique de ce pays. Nous les avons vus en 1877 : ils ont alors

exaspéré la France ; mais elle les a vaincus ;
qu'ils ne s'avisent pas de recommencer! (*Vifs
applaudissements.*)

Quant à la démocratie républicaine, dans tous
ses rangs, elle est unanime à reconnaître que
tout doit être réglé par la libre discussion, unanime à accepter la loi des majorités. Ce progrès
dans les esprits est dû tout entier à la République; elle l'a créé, elle le maintiendra : par là
s'établira définitivement dans notre pays cette
discipline dans l'extrême liberté qui, pour les in-
dividus comme pour les nations, est la marque
caractéristique de la véritable force. (*Bravos et
applaudissements.*)

Voyons maintenant si cette discipline dans la
liberté a été féconde. Ah! nos ennemis disent que
la République n'a rien fait, ou qu'elle a mal fait
ce qu'elle avait à faire. La vérité, vous la connaissez, elle éclate à tous les yeux ; elle est l'é-
vidence même: c'est que la République, dans un
ensemble d'années extrêmement restreint, a eu
tout à faire, grâce aux crimes et à l'incurie des
précédents régimes.

Elle est venue au monde sans frontière, sans
armée, sans forteresses, sans canons, sans fusils,
sans crédit, sans écoles. Elle a dû tout faire ou
tout refaire. (*Bravos.*) Il lui a fallu, pour com-
mencer, trouver onze milliards pour les frais de
la guerre, la reconstitution de son matériel de
défense. Il lui a fallu refaire toute sa frontière

de l'Est et tout le système suranné de la défense
de Paris. Il lui a fallu refaire une armée nationale. Il lui a fallu élever des écoles par milliers,
porter de 23 à 132 millions le budget de l'instruction publique, relever le traitement des petits
fonctionnaires, les pensions des officiers retraités,
pousser avec énergie les travaux publics, car cette
République impuissante a fait 13,000 kilomètres
de chemins de fer; elle a fait 50,000 kilomètres
de chemins vicinaux, elle n'a négligé aucun des
grands intérêts nationaux. Dans un autre ordre
d'idées, elle a établi la liberté de la presse, la
liberté municipale, la liberté de réunion; elle a
inauguré la liberté d'association par la loi sur
les syndicats professionnels, que nous devons
surtout à vous, mon cher Allain-Targé. (*Applaudissements.*) Elle a fait pour les institutions de
prévoyance beaucoup plus qu'aucun gouvernement n'avait encore fait; elle a établi l'instruction
obligatoire, gratuite et laïque, mis la première
main à l'enseignement secondaire des filles.

Voilà, messieurs, ce régime tant calomnié par
nos adversaires monarchiques; la République a,
en réalité, liquidé, payé, racheté la plupart des
fautes de la monarchie.

Voilà l'œuvre accomplie, au milieu de tant
d'embarras; il s'agit, maintenant, de la poursuivre.

Si l'on s'en tient aux idées générales, il n'y a
pas deux programmes dans la démocratie républicaine : il n'y en a qu'un; nos constitutions

antérieures l'avaient assez bien défini, l'avaient, dans tous les cas, noblement défini lorsqu'elles disaient que le but de la République est d'assurer une répartition de plus en plus équitable des charges et des avantages de la société et de faire parvenir tous les citoyens, sans commotion nouvelle, par l'action successive et constante des institutions et des lois, à un degré toujours plus élevé de moralité, de lumière et de bien-être. (*Bravos*.) Gardons-nous, messieurs, de railler ces formules généreuses et de les oublier. Sans doute, c'est un difficile problème que d'assurer l'ascension constante de la démocratie ; mais il se jette si souvent à travers les meilleures intentions tant de difficultés et tant d'obstacles que l'on se sentirait, pour les vaincre, sans règle et sans force morale si l'on n'avait, pour surmonter les soucis de la besogne quotidienne, la pensée que ces mille petits efforts se rattachent à un but supérieur.

D'ailleurs, indépendamment de cette fidélité aux grandes vues de la Révolution française, il est, pour garder présentes ces inspirations généreuses, il est, messieurs, une autre raison politique et qui doit s'imposer à tout gouvernement. Il ne faut pas oublier les leçons du passé ; rappelons-nous, messieurs, les néfastes années de 1870 et de 1871 ; est-ce que ces catastrophes qui viennent tout d'un coup fondre sur une nation au milieu, semble-t-il, de l'épanouissement de sa force et de l'éclosion d'une civilisation raffinée, est-ce que ces catastrophes sont simplement de brusques accidents, ou bien est-ce qu'elles ne montrent pas l'aveuglement de ceux qui, s'abusant sur quelques signes extérieurs, n'apercevaient ni les éléments de faiblesse, ni le trouble moral, ni le travail de dissociation qui travaillaient alors le pays! *(Très bien! — Applaudissements.)*

Eh bien, messieurs, si cela est vrai, est-ce que ces souvenirs ne tracent pas le devoir de ceux à qui leur situation impose le souci de l'éducation nationale et sociale? Et je ne parle pas ici de l'éducation scolaire, qui n'est qu'un des moyens, mais de ce devoir, de cette mission de civilisation qui incombe aux gouvernements et qui consiste pour eux à faire tous leurs efforts afin d'établir entre la surface officielle et brillante d'une société et le fonds laborieux de la démocratie, entre toutes les fractions d'un même peuple, cette solidarité sans laquelle il n'y a pas, mes chers amis, de nation véritable, c'est-à-dire de nation capable de subir les assauts de la mauvaise fortune sans trop de dommages, ou de savoir profiter avec honneur de la prospérité. *(Nouveaux applaudissements.)*

A ce nouveau point de vue, n'y a-t-il pas encore une nouvelle raison de nous unir pour rechercher et créer les institutions qui peuvent nous manquer? Notre devoir le plus étroit vis-à-vis de la démocratie nous impose, à nous ses mandataires, ces sentiments de concorde; je l'affirme d'ailleurs malgré nos querelles intérieures, c'est une accusation injuste que nous nous lançons trop souvent les uns aux autres, de dire que nous sommes partagés en

courtisans de popularité qui veulent tout boule-
verser dans notre état social et en égoïstes à
qui suffisent les jouissances du pouvoir.

Non, messieurs, cela n'est pas vrai ; le parti
républicain ne donnera pas cet exemple ; il saura
maintenir haut, et très haut, l'idéal qu'il veut
servir (bravos) ; il saura, par son entente, créer
une République ouverte à tous les progrès, fer-
mée aux aventures qui mettraient en péril, avec
l'ordre et le travail, l'épargne et la propriété
qu'ils ont créées, capable de réaliser les réformes
vers lesquelles est entraînée la masse même du
suffrage universel. (Applaudissements.)

Faut-il maintenant traiter divers points spé-
ciaux qui sont nés des circonstances ou des
questions qui sont posées depuis longtemps ?
Prenons, par exemple, la question religieuse.

La politique religieuse n'est pas une des moin-
dres difficultés de l'heure présente. Nous avons
vu en France et hors de France les politiques
les plus puissants et les esprits les plus résolus
vaciller dans leur conduite sur cette question.
C'est qu'ici on se heurte à des complications, à
des préjugés, à des habitudes, à des usages
(marques d'approbation), et qu'enfin, que surtout
l'on risque de rencontrer devant soi ou tout au
moins de se donner l'apparence de rencontrer la
conscience humaine et de se heurter ainsi à ce
qu'il y a de plus délicat, de plus incoercible au

monde. *(Très bien! très bien!)* Disons-le pourtant, et disons-le bien haut, ce n'est là, ce ne peut être jamais qu'une apparence. Le respect de la conscience religieuse est le premier principe de la Révolution française; c'est en partie de ce principe qu'elle est née, et son malheur a été précisément d'avoir à lutter contre le pouvoir de l'Eglise, c'est-à-dire contre le plus grand oppresseur de consciences que les siècles aient connu. *(Vifs applaudissements.)* La religion, en tant que religion, la religion n'est pas en cause; elle n'y a jamais été. *(Non! non!)* Quoi que l'avenir réserve à l'humanité, quel que soit l'empire que la science doive prendre sur les âmes, et quels que soient les progrès de cet empire, l'homme politique doit prendre les choses telles qu'elles sont à l'heure où il agit.

La science circonscrit ses investigations au cercle des faits positifs; arrivera-t-il un jour où l'âme humaine acceptera les mêmes limites, où l'imagination et le sentiment, moins provoqués par ce que les réalités de la vie offrent de douloureux et souvent de contradictoire, cesseront de chercher au delà de la mort de nouvelles perspectives, des consolations, que sais-je? Toujours est-il que le nombre est grand encore de ceux qui ne peuvent pas supporter le doute sur les questions d'origine et de fin et que la foi personnelle subsiste, non seulement comme un sentiment respectable devant lequel il faut s'incliner, mais qu'encore elle est, à son tour, un fait, un fait positif, et que ne saurait considérer comme une quantité négligeable la sagesse des gouvernements. (*C'est vrai ! — Très bien !*)

Aussi bien n'est-ce pas là ce qui fait la difficulté, mais l'existence des sociétés religieuses et, notamment, de la plus puissante de toutes, de l'Église catholique. L'Église, autrefois, gouvernait et réglait de haut toutes choses ; rien n'échappait à son empire : ni le for intérieur, ni le for extérieur, ni la règle des mœurs, ni l'éducation, ni l'instruction publique, ni, pourrait-on dire, les sciences elles-mêmes. Depuis, que de choses ont été sécularisées, laïcisées, comme on dit aujourd'hui, et qui, jadis et naguère, étaient dans le domaine de l'Église ! La séparation de l'Église et de l'État, ou plutôt la séparation des intérêts religieux et des intérêts politiques, de la pensée théologique et des affaires civiles, cette séparation s'accomplit tous les jours dans l'école, dans l'administration, partout. Ce qui demeure, c'est un parti politique qui, sous le nom de religion, disposant de grandes influences, crie à la persécution toutes les fois qu'on lui enlève un moyen de persécuter autrui ou que l'on restitue à la société civile un de ses droits (*Applaudissements répétés*) et qui donne à la fois une cohésion et une direction à toutes les rancunes, à tous les regrets ligués contre la démocratie, contre la République. Que ce parti ait trop souvent trouvé des instruments dans les chefs ou dans les membres du clergé, que ceux-ci se soient faits les agents

des résistances que rencontrait la volonté nationale, c'est ce que l'on ne saurait nier. Nombre
d'esprits espèrent couper court à cet état de choses en achevant tout d'un coup la séparation de
l'Église et de l'État, et en supprimant le budget
des cultes.

Ce serait le terme de cette évolution qui sécu-
larise toutes choses autour de nous ; nous l'avons
dit bien des fois entre nous, soit dans nos entre-
tiens électoraux, soit dans nos conférences spéciales sur le sujet ; mais, bien des fois aussi,
une fois surtout, dans une réunion dont vous
vous souvenez, je vous ai signalé les complexités
et les difficultés du problème. Sans doute, la
séparation de l'Église et de l'État affranchira seule
définitivement et la conscience religieuse et le
citoyen libre-penseur, car le régime des concor-
dats implique toujours une influence réciproque
de la religion sur la politique et de la politique
sur la religion, mais beaucoup de nos concitoyens semblent redouter qu'après la séparation
définitive la démocratie ne retrouve plus puis-
santes devant elle, plus agissantes surtout, ces
forces ecclésiastiques que brident aujourd'hui dans
une certaine mesure, le besoin qu'on a de
l'État, la prise qu'il a sur le clergé par le tem-
porel. Ces craintes sont-elles fondées ? Il est permis de penser que ce qui fait la puissance de
l'Église, comme parti militant, c'est sa puissante
hiérarchie, et de supposer que l'existence et la
mise en vigueur du Concordat prêtent dans une

certaine mesure à cette hiérarchie le concours de
l'État. Le jour où l'Église serait séparée de
l'État, peut-être serait-elle travaillée par cet esprit de schisme et de sectes auquel semblent
vouées les religions abandonnées à elles-mêmes;
on peut encore penser que, dans une société
comme la nôtre surtout, où l'on n'aime pas à
payer une. contribution, facultative ou non, sans
contrôler l'emploi de ses deniers, l'élément laïque, l'élément financier, l'élément de libre administration prendrait le pas sur l'élément ecclé-
siastique proprement dit; que chaque ministre
du culte serait beaucoup plus obligé de compter
avec ses paroissiens qu'avec son évêque, auquel
il obéit passivement aujourd'hui. Si ces prévi-
sions étaient justes, on pourrait espérer de voir,
dans un délai plus ou moins long, des associa-
tions religieuses moins bien reliées entre elles,
et pénétrées peut-être d'un esprit très différent,
succéder à cette force redoutable, puissamment
concentrée, qui marche aujourd'hui comme un ré-
giment, suivant la parole même d'un prélat. Si
telle était la solution de la question, les âmes religieuses, qui n'ont pas besoin de tout dominer pour
être vraiment libres, y trouveraient leur compte,
aussi bien que les libre-penseurs et la démocratie,
qui ne se sent l'envie de persécuter personne.
(*Approbations nombreuses et applaudissements.*)

Mais il faut convenir que ce n'est là qu'une vue,
presque une prédiction, et que cette vue est loin
de sembler partagée par la majorité des Français.

Non seulement un très grand nombre de citoyens et, parmi eux, de nos meilleurs amis, craignent que, livrée à elle-même, la grande association catholique ne devienne pour l'État républicain un plus grave péril, mais ils redoutent encore de blesser par une pareille mesure des usages reçus, avec lesquels la raison de nos concitoyens n'est pas partout prête à rompre et de compromettre par là, avec la paix religieuse, la sécurité même de la République; ils pensent également que les problèmes accessoires de la séparation de l'Eglise et de l'État ne sont pas encore assez clairement posés dans les intelligences; *(Oui, c'est vrai!)* ils pensent enfin voir là de graves embarras au-devant desquels ce n'est pas le moment de courir. Ils disent par surcroît — et c'est là ce qu'il y a de plus vrai — que la propagande n'est pas encore suffisamment faite sur la question. *(Oui! oui! — C'est cela!)*

Ce sont là, messieurs, de grosses, de sérieuses objections; la plus grosse, en fait, c'est que la majorité des Français, à l'heure où je parle, paraît ne pas vouloir de la séparation de l'Église et de l'État. Cette objection elle-même n'entame pas mes convictions personnelles sur ce point. *(Applaudissements.)* Elle ne peut pas ne pas limiter mon action comme membre d'un gouvernement; on ne fait pas de pareilles transformations sans l'indication du suffrage universel. Je le dis loyalement au début de la période électorale, afin que les électeurs me jugent en pleine connaissance de cause. *(Applaudissements prolongés.)*

Notre devoir, sur cette question, demeure celui-ci : défendre énergiquement les droits de la société civile; tenir les ministres du culte écartés de l'école et de la politique. On ne soupçonnera pas de faillir à ce devoir le gouvernement qui a rendu le Panthéon à sa destination laïque. *(Non ! non ! Bravos. Double salve d'applaudissements.)*

Une voix. — C'est vous qui l'avez fait voter ; vous avez eu raison.

M. Brisson. — Ne dites pas que nous ayons fait voter, dans le sens de ce mot, la restitution du Panthéon à son caractère laïque ; le cabinet a pensé qu'il était dans le pouvoir du gouvernement de décréter cette restitution, il a immédiatement pris sa résolution, il l'a exécutée sous sa responsabilité. *(Bravos.)*

Je ne vous parlerai pas longtemps, mes chers concitoyens, de politique extérieure. Ce que la France veut, ce que la République et la démocratie désirent, et désirent uniquement, c'est la paix, la paix accompagnée de la dignité qu'exige une nation comme la nôtre. *(Applaudissements.)* La paix assurée, d'abord par le spectacle de nos préférences pour le développement des œuvres pacifiques telles que l'instruction, les moyens de transport, toutes les œuvres qui intéressent notre agriculture, notre industrie, notre commerce ; la paix, assurée par l'ordre dans les finances, parce que des finances toujours prêtes sont la condition nécessaire pour compter dans le monde, et enfin par une solide armée défensive. Cette armée, nous l'avons. *(Vifs applaudissements.)*

Elle est l'orgueil de la France ; elle porte, elle est prête à porter de la façon la plus digne ce drapeau national, ce drapeau tricolore, en face duquel vous êtes tous bien résolus, n'est-ce pas? à ne supporter la vue d'aucun autre. *(Applaudissements prolongés.)*

Cette armée, une loi, en partie votée, la transforme en ménageant le plus possible les populations pour lesquelles le service militaire est l'impôt le plus sacré sans doute, mais aussi le plus lourd au point de vue de la production nationale, et par la suppression du volontariat ; elle doit être complétée par la constitution d'une armée coloniale, où sans doute les éléments indigènes entreront de plus en plus, de façon à nous former, en cas de besoin, des réserves considérables. Et puisque je parle d'armée coloniale, j'arrive naturellement à ce qu'on a nommé la politique coloniale. *(Mouvement d'attention.)*

Appelé, à la fin de la session, à m'expliquer sur cette question au sujet de l'expédition de Madagascar, j'ai déclaré que notre ministère était également éloigné de toute pensée de faiblesse et de toutes visées ambitieuses. La République est un gouvernement d'ordre et d'économie ; elle mentirait à sa définition si elle recherchait des complications extérieures pour éviter ou pour masquer des difficultés intérieures ou pour emprunter je ne sais quel faux éclat ; (Applaudissements.) mais elle mentirait aussi au passé du patriotisme républicain si elle se laissait aller à la faiblesse et si elle décidait, comme a priori, de rendre inutile l'héroïsme de nos marins et de nos soldats. (Nouveaux bravos.) Nous sommes donc également résolus, je l'ai dit, et à écarter toute entreprise nouvelle et à conserver le patrimoine national qui nous a été transmis ; il y a là, je l'ai dit à la tribune, je le répète ici, deux questions : des intérêts commerciaux que vos mandataires et vos gouvernants ne peuvent pas négliger, et aussi des questions de puissance et d'honneur qu'une nation fière et qui a toujours été mêlée à toutes les grandes affaires du monde ne saurait négliger sans péril pour le gouvernement qui se laisserait aller à cette négligence.

Donc, il nous a paru que ce que la situation nous dictait, c'était d'aménager de notre mieux nos possessions nouvelles, de façon qu'elles fussent le moins coûteuses possible pour la mère patrie, le plus profitables possible à ses négociants, à ses industriels.

On a peut-être écrit d'une façon bien péremptoire que ces expéditions étaient closes et qu'il ne nous restait plus, à mes collègues et à moi, qu'à en récolter les fruits. Plaise au ciel, messieurs, que notre tâche soit prochainement aussi facile et aussi douce ! Personne assurément ne le désire plus ardemment que nous. En fait, l'expédition de Madagascar n'est pas terminée.

Quant au Tonkin, la paix avec la Chine a fait disparaître la plus grosse et la plus coûteuse des difficultés de cette expédition; c'est à nous maintenant de multiplier avec l'Empire du Milieu les relations de bon voisinage; il faut faire en sorte qu'il y trouve son propre intérêt, et ce sera l'objet de nos efforts, de notre diplomatie, de tourner ses vues de ce côté. D'ailleurs, les ressources de ces pays, les impôts qu'ils peuvent payer, paraissent pouvoir réellement procurer un allègement assez prochain de nos dépenses. Il ne faut pas oublier, toutefois, qu'il s'agit d'une contrée récemment ravagée par la guerre et par la piraterie; il ne faut pas oublier non plus les récentes difficultés, fort surmontables d'ailleurs, créées par la fuite de l'empereur d'Annam.

Je dis ces choses, messieurs, avec sincérité, avec l'ardent désir de voir disparaître les ombres du tableau, avec la ferme volonté de m'appliquer, ainsi que mes collègues, à les faire disparaître *(Applaudissements)*, mais avec le désir aussi de nous garder de toute illusion et d'épargner au pays des déceptions. La réunion de la prochaine Chambre nous permettra sans doute de lui fournir les renseignements et de lui proposer les mesures que le pays attend; mais, pour les préparer, il vaut mieux, nous semble-t-il, apercevoir que se cacher à soi-même certaines difficultés qui sont, d'ailleurs, loin d'être au-dessus des efforts d'une nation comme la nôtre et qui a conscience de son rang parmi les peuples. (*Applaudissements.*)

Si je passe de la politique coloniale à l'examen des finances, la transition paraîtra peut-être naturelle.

On adresse à la gestion de nos finances des reproches considérables. Il serait vain de dissimuler qu'elles éprouvent en ce moment quelque embarras qui vient surtout de la disparition des plus-values sur lesquelles nous avions pris l'habitude de compter, et sur lesquelles nous avions peut-être un peu trop réglé notre avenir, et un peu de ces expéditions lointaines. Mais, Messieurs, s'il y a des embarras, est-ce que l'œuvre de la République, et l'œuvre la plus récente, celle qui remonte à sept ou huit ans, est aussi blâmable que veulent bien le dire les adversaires que vous entendez tous les jours, les monarchistes ligués contre nous? On nous reproche les dégrèvements. J'ose dire, messieurs, que cette politique de dégrèvement à laquelle je me suis associé et où j'ai, si elle a été fautive, une part de responsabilité comme président pendant trois années de la Commission du budget, je dis que cette politique de dégrèvement a été utile : il était bon d'abord, chez une nation où l'on avait été obligé d'établir après la guerre 700 millions d'impôts nouveaux, il n'était pas indifférent de dégrever pour 300 millions, c'est-à-dire presque la moitié de la surcharge imposée au pays; en second lieu, c'est le devoir, c'est le devoir étroit des mandataires du peuple, de ceux qui règlent son budget, de rendre au contribuable les excédents de recettes; car, remarquez-le bien, s'ils ne lui rendent pas ces excédents sous forme de dégrèvements, des sommes équivalentes apparaissent bien vite sous forme de dépenses nouvelles au budget; le dégrèvement est donc l'un des meilleurs procédés pour résister à cet accroissement des dépenses, auquel peut-être, à cause de ces besoins que je décrivais tout à l'heure, de tout faire ou de tout refaire à la fois, nous n'avons pas toujours échappé. Outre ces dégrèvements, — ces détails, me semble-t-il, ne sont pas sans intérêt, — la République, qu'on accuse d'emprunter, n'a-t-elle pas aussi amorti? Est-ce qu'elle n'a pas payé à la Banque de France plus de quinze cents millions, en obligations à court terme plus de sept cents millions, 70 environ en rentes amortissables, et, pour diverses autres dettes, plusieurs centaines de millions? Est-ce que cet amortissement ne continue pas, et n'est-il pas par lui-même et à lui seul la preuve de tout ce qu'il y a de chimérique dans cette accusation adressée au budget d'être en déficit?

Quant aux résultats généraux de la gestion financière, rappelez-vous le début de la République, rappelez-vous les premiers emprunts. Le 3 0/0, en 1871, était à 55 francs, il est aujourd'hui à 81 francs ; le 5 0/0, en 1871, était à 84 ; en 1885, non plus le 5 0/0, mais la rente convertie, sur laquelle on a supprimé un dixième, est à 108

francs et au-dessus. Parlerons-nous de la confiance
inspirée par la République ? Savez-vous ce que
les caisses d'épargne avaient reçu en 1872? Un
peu plus de 500 millions. Aujourd'hui elles ont
plus de deux milliards. (*Applaudissements.*)

Voilà, messieurs, sur les finances, sur le crédit
de la République et sur la confiance qu'elle ins-
pire, quelques traits que je vous prie de retenir.

Néanmoins, il n'est pas contestable que nous
avons subi certains entraînements causés, comme
je l'ai dit tout à l'heure, par les plus-values et
par la quantité d'œuvres utiles à accomplir. L'état
de nos finances ne mérite pas qu'on crie alarme,
mais il mérite une certaine attention ; aussi, déjà
des économies ont été faites, il faut y persévérer ;
il faut régler, avec une prudence sévère, les bud-
gets de l'avenir ; il ne faut faire aucune entreprise nouvelle. Déjà le mois de juillet dernier
semblait indiquer que les plus-values allaient
reparaître. Si elles réapparaissent, en effet, cette
fois il n'en faut plus abuser ; surtout il faut veil-
ler à ce qu'aucun entraînement généreux n'ins-
crive dans notre bulletin des lois des propositions
qui viennent tout d'un coup surcharger les dépenses bien au delà de ce qu'on avait pu prévoir.
(*Très bien ! très bien !*)

Sur cette question de nos finances, bien des
idées se font jour, bien des projets sont agités :
l'on voudrait pouvoir se mouvoir plus facilement ;
on parle de modifier et d'étendre ceux de nos
impôts qui ont pour base le revenu ; on parle

aussi de remanier certaines taxes. Il faudra voir ce que permet dans cet ordre d'idées — et je ne suis pas éloigné de penser que certains de ces progrès peuvent être réalisés — il faudra voir ce que permet l'état de nos finances, ce qu'autorise la prudence dans le moment de transition où nous sommes.

Si nous arrivons par ces procédés à nous créer des ressources nouvelles, faudra-t-il, ou bien faire des dégrèvements nouveaux, ou bien élever l'amortissement de façon à ne pas reporter trop loin le paiement des obligations à court terme ? Pourrons-nous, si nous trouvons, en effet, la latitude désirée dans ces remaniements ingénieux de taxes qui se présentent facilement à l'esprit et qui peuvent se soutenir, pourrons-nous, comme la chose serait si désirable, soulager notre agriculture, notre commerce, notre industrie par certains dégrèvements? Sur les deux dixièmes de l'impôt de la grande vitesse, ne pourrait-on en supprimer un, celui qui nous vient de la guerre, ce qui obligerait, vous le savez, les Compagnies de chemins de fer à supprimer deux dixièmes? Ne pourrions-nous pas, par un nouveau départ entre l'État et les communes, supprimer l'impôt des prestations, supprimer ou atténuer les deux décimes sur les mutations, diminuer les frais de justice? Oui, si les combinaisons en question peuvent aboutir, il faudra songer à diminuer les charges qui pèsent sur le travail national. (*Applaudissements.*)

Je crois, en effet, que la prochaine législature

aura pour souci principal les questions économiques, celles qui intéressent notre industrie, notre commerce et notre agriculture, pour lesquels la République a fait déjà, qu'on le sache bien, plus qu'aucun autre des régimes dont les représentants qui ont occupé le pouvoir si longtemps nous reprochent de ne rien faire. (Très bien!)

Pour favoriser le travail national, il importe d'éviter qu'aucune aventure extérieure ou intérieure n'aggrave les difficultés déjà si considérables qui pèsent sur la production; il faudra développer les moyens de transport, s'appliquer avec toute la continuité d'efforts que réclame une telle besogne à en réduire les frais. Oui, les intérêts dont je parle méritent tout notre souci, toute notre sollicitude, non seulement en eux-mêmes, mais parce qu'ils sont aussi des intérêts moraux, parce qu'ils créent de la richesse, c'est-à-dire de nouveaux instruments de progrès pour la nation et, pour ceux qui se les approprient, de nouvelles conditions d'indépendance. (Applaudissements.)

L'État, en pareille matière, doit surtout, me paraît-il, l'instruction technique d'une part, et d'une autre part se préoccuper de la viabilité, favoriser la multiplication des voies de communication.

Il en est un peu de même dans les questions que l'on nomme questions sociales et où l'État ne peut guère exercer une influence directe qui soit bien grande; ne laissons pas dire pourtant que l'État républicain soit absolument impuissant.

Une transformation lente et profonde élève le salaire et abaisse l'intérêt de l'argent, tend ainsi à augmenter le prix du travail et à réduire celui du capital. L'État peut, dans une certaine mesure, aider ce mouvement en donnant aux travailleurs une instruction de plus en plus raisonnée et complète ; c'est là sa véritable dette : il doit aux ignorants l'instruction. Une autre de ses tâches, et il a commencé de l'entreprendre, est de pousser au développement des institutions diverses qui ont pour objet de mettre les travailleurs à l'abri de l'accident, de la maladie, de l'infirmité, de la vieillesse, en associant les combinaisons individuelles et collectives dans une mesure que la bonne volonté des hommes assurément n'est pas impuissante à trouver. (*Applaudissements.*)

Il faut, par tous ces moyens, et surtout par la bonne volonté même que leur recherche indiquera, il faut atténuer cette lutte déplorable entre le capital et le travail, qui devraient être deux frères associés. (*Très bien ! — Applaudissements.*)

C'est surtout par l'enseignement, ai-je dit, que l'État peut quelque chose en ces matières, car la différence d'instruction est assurément la plus grande barrière entre les hommes. Sous ce rapport — et peut-être est-ce que je réponds ici à une objection que je croyais saisir il y a un instant — sous ce rapport, de grandes choses ont été faites ; des principes ont été posés et acceptés ; il reste à les faire passer complètement dans la pratique.

Il faut augmenter et encourager notre personnel enseignant, si méritant et si dévoué; il faut développer notre outillage scolaire; enfin, il faut donner une issue pratique à l'instruction par cet enseignement manuel et technique que je me rappelle avoir été un des premiers à demander, non pas seulement dans les réunions de cet arrondissement, mais à la Chambre, dans la discussion du budget de 1876, car l'intérêt et le devoir de l'État s'accordent à faire en sorte que chacun tire de son travail le meilleur parti possible. Aujourd'hui ce mouvement vers l'instruction professionnelle est irrésistible.

La République est entrée largement dans cette voie, non seulement par l'institution des écoles d'apprentissage, mais encore par la création de ces grandes écoles modèles où des méthodes nouvelles, qui associent le travail manuel au travail intellectuel, sont poursuivies depuis l'enfance jusqu'à la sortie de l'adolescence. Ces écoles ont été créées à Voiron, à Vierzon, à Armentières, dans plusieurs autres lieux; vous y trouvez à la fois l'école et l'atelier, et aussi des sections spéciales où se forment les maîtres pour ce nouvel enseignement. L'État, les départements et les villes rivalisent pour la création de cet enseignement professionnel que nous devons favoriser de plus en plus parce qu'il permettra seul de former le travailleur parfait, celui qui exercera sa force et son adresse suivant des règles dont il comprendra la valeur

et des données scientifiques auxquelles il sera
initié et qui lui feront de mieux en mieux comprendre la grandeur du travail en l'associant
lui-même à l'œuvre de la civilisation générale.
(*Applaudissements.*)

Dans l'enseignement secondaire classique et
dans l'enseignement supérieur, que notre démocratie est loin de négliger, car elle sait bien
qu'il alimente tous les autres, la question n'est
autre que d'assurer autant que possible l'instruction aux enfants dont le travail et le mérite ne
sont pas favorisés par la fortune.

La République et la démocratie ne poursuivent
pas l'égalité des intelligences ; elles ne cherchent
pas à supprimer les rangs, mais elles songent à
les ouvrir à tous, en recherchant, en épiant tous
ceux de ses fils qui peuvent le mieux, par leur
ardeur laborieuse et leurs facultés, concourir à
cette ascension régulière de la démocratie, à laquelle le gouvernement de la République ne ces-
cera de travailler. (*Applaudissements.*)

Mais, messieurs, il ne faut pas que ce travail,
que la démocratie accomplit sur elle-même et
qu'elle charge ses mandataires de réaliser, il ne
faut pas que ce travail soit troublé: une nation
est bien forte quand elle possède, avec la liberté,
l'ordre et la tranquillité, les instruments régu-
liers de son progrès. Ces grands biens ne peuvent être assurés que si son gouvernement légal
est respecté. C'est donc le devoir de ceux qui

ont la direction des affaires de ne pas permettre que la forme du gouvernement soit non pas menacée, mais comme contestée par les auteurs de certaines menées occultes.

Certes, nous pouvons envisager sans crainte les petites coteries instituées, les petites intrigues nouées autour de personnages qui semblent ne pas se trouver suffisamment honorés du titre de citoyens. *(Très bien!)* Elles ne sont pas de nature, sans doute, à nuire sérieusement à un gouvernement régulier, dix fois acclamé par les électeurs; ces petites intrigues, toutefois, à la longue, quoique peu dangereuses, pourraient troubler l'opinion et gêner la marche des affaires. Qu'ont-ils à nous offrir, d'ailleurs, les auteurs de ces menées, en échange de la tranquillité dont nous jouissons depuis quinze ans?

Ah! il est facile de définir par un mot ce qu'ils prépareraient, ce qu'ils nous donneraient : ce serait une révolution, et une révolution en arrière, c'est-à-dire féconde en cataclysmes et en désordres nouveaux.

Tout récemment, mon cher Allain-Targé, vous assistiez dans la ville du Mans à l'inauguration du monument élevé à la mémoire des combattants de l'armée de la Loire. Vous remontiez avec une émotion bien facile à comprendre le cours de ces souvenirs. Eh bien, qui donc avait préparé les événements de cette époque néfaste? Est-ce que la guerre stupide de 1870 *(Applaudissements)* n'avait pas été couvée sous ce régime

hybride pour la formation duquel on avait vu
se rapprocher, dans l'exercice commun du pouvoir, ces bonapartistes et ces orléanistes dont les con-
voitises se rejoignent encore aujourd'hui? *(Bravos.)*

Oui, nous les avons vus fonctionner, il y a
quinze ans à peine, ces personnages éminents,
ces hommes habiles qui ont retenu pour eux
tout seuls, qui possèdent exclusivement l'art de
gouverner, qui en ont le brevet, qui savent seuls
ce que c'est que la diplomatie, ce que c'est que
la guerre, ce que c'est que les finances ; eh bien,
nous avons vu tout cela périr et s'effondrer entre
leurs mains presque en une semaine. *(Applaudissements.)* Ah! la France les connaît trop pour ne
pas se défier à jamais de leur dextérité politique.
Les années 1870 et 1877 nous ont suffi, et si
les leçons qu'ils ont reçues à ces deux dates ne
leur suffisaient pas, eh bien, il faudrait que la
République se résignât à leur en infliger une
autre. *(Longues acclamations, bravos prolongés.)*

Comme moi, sans doute, chers concitoyens,
vous ne les trouvez pas dangereux, surtout si
nous serrons les rangs, comme je ne cesserai de
le recommander ; quant à nous, nous tâcherons
d'opérer entre les partis, pour la conduite du
gouvernement et pour la législation, une tran-
saction analogue à celle que les électeurs auront
faite entre les fractions diverses et les programmes, qui ont après tout tant de points communs;
car, messieurs, que veut donc cette démocratie

républicaine que nous voulons servir et que les républicains attelés à cette besogne serviraient, je n'ai pas besoin de vous le dire, vous nous connaissez assez, avec une âpreté plus passionnée encore, si la mauvaise fortune pouvait revenir. (*Applaudissements.*) Que veut-elle, cette démocratie?

Elle veut un État laïque librement organisé ;

Elle réclame une répartition égale et de l'impôt du sang et des autres contributions ;

Elle demande qu'à l'école chaque enfant trouve les moyens d'améliorer un jour, par un travail mieux compris, mieux ordonné, sa situation et sa valeur personnelle ;

Elle désire que des institutions de toute sorte assurent la sécurité des travailleurs contre les fatalités qui les menacent ;

Elle veut maintenir les garanties dues aux richesses créées par le travail et l'épargne des générations précédentes, et favoriser, dans toutes les directions, le laborieux effort des générations nouvelles.

Telles sont les voies ouvertes devant nous ; nous ne saurions nous flatter de réaliser tous les progrès entrevus ; mais, si nous sommes dans la bonne direction, si nous y marchons la main dans la main, cette certitude doit nous suffire, et nous pouvons avec confiance, ô mes amis, crier : En avant ! et vive la République !

(*Longues acclamations, salves d'applaudissements et cris répétés de : Vive la République !*)

INPRIMERIE CENTRALE DES CHEMINS DE FER. — IMP. CHAIX.
RUE BERGÈRE, 20, PARIS. — 20980-5.